HANS-DIETER HENTSCHEL · HOLGER KANKEL

Es war einmal...
in einem anderen Land

Für Franziska, Paula und Johannes
Schwerin im Dezember 2008

Vielen Dank an die Autoren einiger Begleittexte:
Michaela Christen, Ingo Gräber, Roland Güttler, Max Stefan Koslik, Roland Regge-Schulz, Astrid Schimmagk, Manfred Zelt.

Ein Dank an Volker Braun für sein Gedicht „Das Eigentum".

Ein besonderes Dankeschön gilt den Sponsoren:
Thomas Becken (Putlitz), Dr. Michael Brackmann (Bonn), Jette und Peter Byell (Wittenförden), Regina Gloede (Schwerin),
Sylke und Ingo Gräber (Gneven), Birgit und Heinz-Reinhard Grämke (Schwerin), Hans Henkell (Melbourne, Australien),
Franziska Hentschel (Hamburg), Marianne und Bernd Homp (Peckatel), Irene Käbel (Berlin),
Margit und Jan-Peter Kasper (Gera), Kerstin und Hans Marten (Peckatel), Christian Mehl (London), Silvia Müller (Schwerin),
Kathrin und Gunnar Müller (Godern), Evi Müller (Köln), Angelika Rösner (Wittenförden), Christine und Torsten Roth (Wöbbelin),
Roland Steiner (Schwerin), Gerd-Ulrich Tanneberger (Schwerin), Wolfgang Werba (Kloster, Hiddensee), Marga und Jürgen Wiens (Usingen).

Es war einmal...
in einem anderen Land

Volker Braun

Das Eigentum

Da bin ich noch:
mein Land geht in den Westen.
KRIEG DEN HÜTTEN FRIEDE DEN PALÄSTEN.
Ich selber habe ihm den Tritt versetzt.
Es wirft sich weg und seine magre Zierde.
Dem Winter folgt der Sommer der Begierde.
Und ich kann bleiben wo der Pfeffer wächst.
Und unverständlich wird mein ganzer Text.
Was ich niemals besaß wird mir entrissen.
Was ich nicht lebte, werd ich ewig missen.
Die Hoffnung lag im Weg wie eine Falle.
Mein Eigentum, jetzt habt ihrs auf der Kralle.
Wann sag ich wieder mein und meine alle.

(1990)

„Ich kann dieses Ostzeug nicht mehr sehen!" Zeug hat Hans-Dieter Hentschel nicht gesagt, als wir über einen neuen Kinofilm sprachen. Das Wort war weniger stubenrein. Mir ging es seit langem ebenso. Irgendwann war es genug. Helden wie wir und Nikolaikirche und Sonnenallee und Die Mauer und Die Flucht... Ich konnte dieses Ostzeug nicht mehr sehen. Zeug habe auch ich nicht gesagt.

Was mich vor allem irritierte, war meine Schizophrenie: Sprach ich mit Menschen, ganz gleich, ob sie in der DDR gelebt hatten oder nicht, und sie verteufelten die ostelbische Provinz, die 25 Jahre meine Heimat gewesen war, schwang ich mich wie im Rechtfertigungswahn zu ihrem Verteidiger auf. Lobten hingegen andere die Vorzüge, Annehmlichkeiten, Errungenschaften jenes Experiments, dessen Versuchstiere wir waren, sah ich mich, unwillkürlich und wieder wie von einem Reflex getrieben, als Ankläger oder zumindest als Relativierer. Beide Rollen gefielen mir ganz und gar nicht. Und gefallen mir heute, fast 20 Jahre nach der Wende, erst recht nicht. Weil ich einfach keine Lust mehr habe, meine ersten 25 Lebensjahre irgendwie beschreiben oder verteidigen oder verklären oder denunzieren zu sollen. Das Beschreiben oder Verteidigen oder Verklären oder Denunzieren haben ja andere zu Genüge übernommen. Detailversessen in wissenschaftlichen Analysen. Großspurig oder kleinlaut. Dramatisch und komödiantisch. An Stammtischen und in Talkrunden. Kenntnisreich oder von Vorurteilen und Halbwahrheiten angekränkelt. Irgendwo zwischen besserwisserischer Dämonisierung und verklärter Lebenslüge. Von „Weißt du noch" bis „Was weißt du denn schon". Das Wort Deutungshoheit machte die Runde, und ich muss mich manchmal kneifen, damit ich den einen nicht glaube und den anderen nicht. Weil ich es doch besser weiß. Und der einzige Grund für meine Kompetenz, meine ersten 25 Lebensjahre betreffend? Ich war dabei.

So wie Hans-Dieter Hentschel. Als Pressefotograf war er nicht nur dabei, sondern nah dran, mitten drin, hat das andere Land, von dem er in seinen Fotografien erzählt, quasi doppelt erfahren. Am eigenen Leib und durch den Sucher seiner Kamera. Hentschel, der sich nach eigener Aussage nicht an der Diskussion beteiligen will, ob Fotografie nun in die Schublade „Kunst" oder „Handwerk" zu stecken sei, grub seine fotografischen Schätze in Schwarz-Weiß aus den 80er- und 90er-Jahren jedenfalls nicht als Fotokünstler aus. Die „Schweriner Volkszeitung" war ganz einfach auf der Suche nach Illustrationen für eine Fortsetzungsgeschichte der holländischen Schauspielerin Cox Habbema, die sich in einem Buch an ihre Zeit in der DDR erinnerte. Also begann Hentschel seine alten Negative zu sichten, zu ordnen, auszuwählen. Die Diskussionen um das Buch der schönen Holländerin waren heftig, die Reaktionen auf die Fotografien nicht minder emotional.

Der Ruf von Lesern nach einer Ausstellung und der Wunsch, die Bilder in gesammelter Form publiziert zu sehen, mussten auch den lieber im Hintergrund agierenden Fotografen überzeugen, seinen eigentlich für den Tag gedachten Arbeiten ein längeres Leben zu schenken.

Jede nicht inszenierte Fotografie konserviert einen unwiederbringlichen Moment der Wirklichkeit. So und nicht anders war es in jener Sekunde. Auch wenn es ganz anders war, weil der fotografische Moment die Sekunden, ja selbst die Zehntelsekunden, vor und nach dem Schnappschuss ignoriert. Was war vor dem Kuss, was danach?

Hier kommt der Betrachter der Fotografie ins Spiel, dessen Schaulust und Fantasie sich mit der des Fotografen trifft. Der richtige Moment, was immer das sein mag, der typische Ausschnitt der Realität, wie untypisch sie auch sein mag, das Fünkchen Inspiration im Moment des Fotografierens, woher immer sie kommen mag – da haben wir schon ein Großteil des Geheimnisses eines guten Bildes.

Hans-Dieter Hentschels Fotografien haben diese Qualität, von allen fototechnischen Finessen einmal abgesehen, für die ich nicht zuständig genug bin, haben sie eine Qualität, die über tagesaktuelle Pressefotografie hinausgeht und genau von jenen kleinen, stillen Dramen, Absurditäten und Banalitäten des Alltags erzählen, die ein Foto zur Geschichte selbst werden lassen. Geschichte im doppelten Sinne.

Nein, spektakulär sind Hentschels Fotos nun wirklich nicht. Sich Hans-Dieter Hentschel als Paparazzo vorzustellen? Ein Ding der Unmöglichkeit. Im Gegenteil. In den Zeiten der digitalen Vergewaltigung der Fotografie entfalten seine Schwarz-Weiß-Aufnahmen eine eigentümlich nostalgische Aura, Erinnerungen an eine Zeit, die mit gut oder schlecht nur unzureichend beschrieben ist.

Auch im Auge des Zyklons, der Geschichte heißt, lacht und liebt und lebt man. So einfach ist das und so schwer.

Genau in diesen Schichten zwischen Alltag und Politik, Gesellschaft und Individuum wurzeln Hentschels Bildergeschichten. Es sind Momentaufnahmen eines Fotografen, der als Journalist und Fotograf mitten in dem Leben und dem Land stand, das DDR hieß. All das, was heute so grau oder exotisch oder ganz und gar unglaublich erscheint, war Bestandteil seines Alltags. Wie Robert Capa, der Gründer der weltberühmten Fotoagentur Magnum, sagte: „Wenn dein Bild nicht gut genug ist, dann warst du nicht nah genug dran." Wie oben angedeutet: Hentschel war nicht nur mit der Kamera dicht dran, er war mit Leib und Seele und dem Herzen nah dran. Das stille Drama des jungen Boxers, der nach seiner Niederlage Trost in den Armen seiner kleinen Schwester findet – ein Foto des leidenschaftlichen Sportlers Hentschel.

Die unwirklich anmutenden Fotografien von den Montagsdemonstrationen in Schwerin – die Bilder eines emotional überwältigten Fotografen, der, von einer Mauer aus, die Menschenmassen auf sich zukommen sah – „Jetzt geht es los!"

Keine ideologische oder propagandistische Aufgeregtheit haftet diesen Fotografien an. Man darf nicht vergessen, fast alle dieser Arbeiten waren Arbeit, sind im Zentralorgan der SED-Bezirksleitung Schwerin erschienen. Es sind einfühlsam erfasste Abbilder von Situationen, denen der Fotograf im oft nur allzu grauen Alltag auch lyrische, komische, berührende Momente abluchsen konnte. Nicht mehr und nicht weniger. Aber immerhin mehr als die Versenkung eines Landes in die Grauzonen verschieden motivierter Bedeutungshoheiten.

Holger Kankel
Schwerin im Dezember 2008

Jungpioniere trugen das blaue Halstuch.
Thälmannpioniere ein rotes.
Die Bestimmer über alle Pioniere
schmückten sich mit einem blau-roten Tuch.
Das wurde abgelöst von der FDJ-Bluse.
Obenherum war damit die Anzugsordnung
für Kinder und Jugendliche geklärt.
Jeans passten nicht, auch wenn sie passten.

Pionieraufnahme · SCHWERIN 1984

„Guten Tag.
Wir sammeln Altstoffe,
weil wir die Amerikaner
aus Vietnam vertreiben wollen."
So seltsam konnte Weltpolitik sein.

Maidemonstration · SCHWERIN 1985

Schulmeister, Kreismeister, Bezirksmeister,
Spartakiadesieger, Treppchenbesteiger.
Die Urkunden, Wimpel und Medaillen
habe ich gut aufgehoben,
um meinen Kindern und Enkeln zu zeigen,
was für ein toller Hecht der alte Kerl
mit dem dicken Bauch mal war.

Kinder- und Jugendspartakiade · BERLIN 1989

Vorfreude aufs ABC und Rechnen
sieht anders aus –
und irgendwo lauerte auch schon
Manöver Schneeflocke.

Im Kinderferienlager habe ich beim
Zelten immer gefroren,
blau-weiß-karierte Bettwäsche,
Fahnenappell und Frühsport – igittigitt.
Aber am Lagerfeuer war es
schön romantisch.
Später beim richtigen Zelten
mit den Jungs auch.

Zeltplatz · PLAU AM SEE 1986

Erichs Lampenladen?
Von wegen!
Volle Regale, volle Kassen,
schmuckes Design.
Und immer ein freundliches Wort
von der qualifizierten Fachverkäuferin.
War es nicht so?
Mal ganz ehrlich,
welchen Unterschied gab es schon
zwischen Konsum und Karstadt,
zwischen HO und C&A,
zwischen DDR und BRD?
Auch im Osten bekam man
für Westgeld alles.

Elektroladen · LEIPZIG 1980

Es gab Bauernmärkte,
Blumenmärkte, Handwerkermärkte,
Töpfermärkte.
Auf dem Pferdemarkt in Havelberg
wieherten kaum Pferde,
aber „Blaue Fliesen"
waren dort Gold wert.

Bauernmarkt · WARLOW 1987

Meine Mutter behauptete einmal,
ihr gefallen Alpenveilchen gut.
Das hatte sie nun davon.
So leer der Blumenladen auch war,
Alpenveilchen gab es immer.

Blumenladen · LEIPZIG 1979

Handwerk hatte
nicht unbedingt
goldenen Boden,
ernährte seinen
Meister aber doch.

Buchdruckermeister · SCHWERIN 1979

Kulturplan. Was war denn das?
Na, ganz einfach: Ein „Arbeitsprogramm
der Gewerkschaftsgruppen zur planmäßigen
Förderung gemeinschaftlicher Aktivitäten,
die auf die systematische Erhöhung
des Kultur- und Bildungsniveaus
sozialistischer Persönlichkeiten
und die Ausprägung ihrer Lebensweise
gerichtet sind".
Noch Fragen?

Kegelbruder · DÖMITZ 1985 _____

Beim Renovieren
war jede Hilfe willkommen.
Fast jede.
Mein Onkel war so pingelig,
der versuchte sogar,
Rauhfaser auf Muster
zu kleben.

Student · LEIPZIG 1979

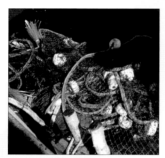

Mein Vater verdiente sein Geld
bei der Binnenfischerei.
Zweimal im Jahr, zu seinem Geburtstag
und Weihnachten, gab es
Deputatfisch – Aal, Forelle, Maräne...
Manchmal fiel das Gastmahl des
Meeres ins Wasser. Dann musste
wohl der Wartburg in die Werkstatt.

Fischer auf dem Pfaffenteich · SCHWERIN 1986

Hut auf!
Für die Schauspielerin Lore Tappe
als Mephisto eine Marke.
Der Teufel steckt nicht nur
im „Faust" auf der Bühne.
Er steckt in vielen Details der Wirklichkeit.
Wie immer.

Schauspielerin Lore Tappe als Mephisto · SCHWERIN 1989

Nicht Freunde – Brüder sind das.
Waffenbrüder, betonte unser
Politoffizier Schneidewind.
Wie recht er hatte:
Brüder bekommt man,
Freunde kann man sich aussuchen.

Soldaten der Roten Armee · SCHWERIN 1987

Mit einem Trojanischen Pferd zog Schwerin
zum 750. Geburtstag Berlins
in die Hauptstadt ein.
Zurück ging's vollbepackt mit Bananen,
gekörntem Waschmittel,
Wilthener Goldkrone und Letscho
im Gepäck.
Tarnung ist alles!

Der Lack ist ab.
Selbst auf den
akribisch angefertigten
Plakaten der Werbeunion
lösen sich die Buchstaben.
Da erscheint jeder noch
so einfallslose Spruch
als zusätzliche Lachnummer.

Lehrlingswettbewerb Meliorationsbau · FRAUENMARK 1989

Konkurrenz für den
Schiefen Turm von Pisa
im Herzen der Schweriner Innenstadt.
Eine erste Ahnung davon,
dass der Aufbau Ost Milliarden
verschlingen würde.

Schelfstadt · SCHWERIN 1989

Pressefeste waren Volksfeste.
Immer mit von der Partie –
die Wünsdorfer Panzersoldaten.
Mit ihren Tanz- und Gesangseinlagen
lehrten sie ihre Gegner
das Fürchten. Die Zuschauer
wurden zu ihren Verbündeten –
wenn auch nur für die kurze Zeit
des Kasatschoks.

Hammer oder Amboss sein,
Pferd oder Reiter –
das ist immer die Frage.

Pferdekuss · REDEFIN 1982

Das erste, was mir an meiner
Schwiegermutter auffiel,
war ihre knallbunte Kittelschürze.
Sie trug sie mit so unendlich viel Charme.
Sie hätte damit sogar Straßenbahn
fahren können.
Das wäre mit manchem Leibchen
der Pariser Mode gewagt gewesen.

*Die Cousine aus Hamburg zog
nach Hagenow. Dort wollte sie ihre
drei Kinder nicht impfen lassen.
Als Kevin fragte, warum er der
einzige in der Klasse sei ohne
Spritze, begann die
Cousine nachzudenken.*

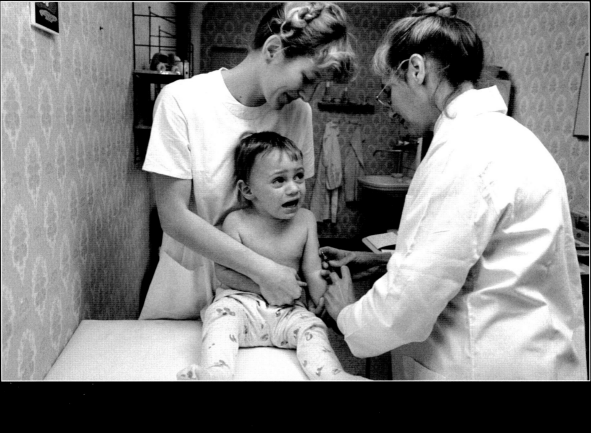

Mach mit,
mach's nach,
mach's besser!

Spezialistenlager · SEVERIN 1982

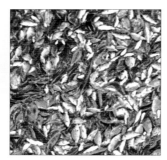

„Frischen Fisch auf jeden Tisch",
empfahl der Fernsehkoch.
„Nimm ein Ei mehr", forderte
der Landwirtschaftsminister.
„Quark macht stark",
witzelte der Volksmund.
So viel zur Werbung
in der Mangelwirtschaft.

Binnenfischer · NEUHOF BEI NEUSTADT-GLEWE 1989

Rechts geht's zum
Schlossparkcenter,
unten lauern die Banken –
heute.

Wittenburger Berg · SCHWERIN 1983

„Warum soll ich die Elbe malen?",
fragte die Künstlerin eines Tages
auf dem Elbdeich.
„Was kann ich von der Elbe lernen?
Sie fließt immer ins Meer,
immer nur ins Meer..."

Elbewerft · BOIZENBURG 1982

Nimm mich mit Kapitän
auf die Reise,
nimm mich mit in die
weite, weite Welt.
Wohin geht denn,
Kapitän, deine Reise?

Badewannenregatta · SCHWERIN 80er-Jahre

Hau den Lukas!
Wenn wir vieles auch nicht
konnten oder können
durften oder nicht
können wollten,
gefeiert wurde immer.

Sommermarkt · SCHWERIN 1988

Kleines Land –
großer Durst.
Wenn es nichts gab,
Äpfel gab es immer.
Und Kohl. Vorher und nachher.

Mosterei · RADUHN 1987

Witz komm raus, du bist umzingelt!
Mit welchem Buchstaben fangen die drei
größten Staaten der Erde an?
Natürlich mit U – USA, UdSSR
und Unsere Deutsche Demokratische Republik.
Das galt auch im Sport.
Wie flogen da noch die Speere,
wie tief sangen die Schwimmerinnen.
Goldene Zeiten.

Diskuswerfer · SCHWERIN 80er-Jahre

In der Schule war ich
schwer verliebt in Heidi.
Wir waren praktisch schon verlobt
und spielten regelmäßig
unsere Hochzeit durch.
Dann verloren wir uns aus den Augen.
Vor zwei Jahren habe ich Heidi
wiedergesehen.
Ein Glück, dass Kinderhochzeiten
vor dem Gesetz keinen Bestand haben.

Einschulung · SCHWERIN 1988

Oh, es riecht gut.
Oh, es schmeckt fein...

Verkostung von Kindernahrung · CONOW 1986

Schwester Margret vom Pflegedienst
hieß damals
Katrin, „die Timurhelferin".

Schnäppchenjagd im Bauernmarkt.
Weder Max Bahr noch OBI noch
Praktiker konnten die Festpreise
für Gießkannen, Nägel,
Schraubenzieher und
Blumentöpfe drücken.
Man schaute schon mal vorbei,
um Holz oder Fliesen zu ergattern.
Oft ein aussichtsloses Unterfangen.

Bäuerliche Handelsgenossenschaft · ROGGENDORF 1989 _____

Der gutgelaunte Chef vom besseren Ufer
der Elbe fragte: „Und, was hat das
mit Ihnen gemacht, so kollektiv gut
im Geschäft auf dem Kindergarten-Töpfchen?"
Mir fiel eine Antwort ein: „Das sehen Sie doch,
vor Ihnen steht ein menschliches Wrack."
Und dann erzählte ich ihm eine andere,
wirklich wahre und ganz und gar nicht gute
Geschichte aus dem Kindergarten „Buratino".

Kindergarten · SCHWERIN 1989

Das Schönste an den 1.-Mai-Demos
war die Bockwurst danach.
„Seid pünktlich am Stellplatz",
mahnte der BGLer.
Wer zu pünktlich kam,
musste eine Losung tragen
oder mit Erich spazieren gehen.

Maidemonstration · SCHWERIN 1984

*Erich in geheimer Mission
im Mecklenburgischen.
Wenn Margot die Heftchen
im Karton entdeckt hätte...*

Bauernmarkt · WARLOW 1987

„Plane mit, arbeite mit, regiere mit!",
„Meine Hand für mein Produkt!",
„Ich leiste was, ich leiste mir was!"
Der Kaiser war ein lustiger Poet –
und nackt sowieso.

Schelfstadt · SCHWERIN 1989

Der Getränkestützpunkt um die Ecke
versorgte uns mit allem
Lebensnotwendigen.
Hier gab es Bier, manchmal Cabinet
und grünen Pfeffi.
Die Kopfschmerzen am nächsten Morgen
waren gratis.

Ziegenmarkt · SCHWERIN 1988

FDGB –
Freier Deutscher Gewerkschaftsbund.
Frei war er nicht,
bunt war er nicht,
eine Gewerkschaft
war er auch nicht.
Aber im FDGB-Heim auf Rügen
oder in Bad Schandau
war es schon besonders. Irgendwie.
Und deutsch sowieso.

Gewerkschaftsversammlung im KGW · SCHWERIN 1987

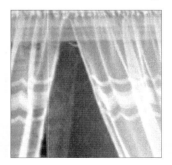

„...und hast du sonst noch
Kummer oder Sorgen,
frag gleich morgen
Frau Puppendoktor Pille
mit der großen, klugen Brille."

Kinderklinik · SCHWERIN 80er-Jahre

Wer die Wahl hat, hat die Qual.
Wir hatten keine Wahl.
Das Ergebnis stand schon vorher fest.
Hundertprozentig.

Maidemonstration · SCHWERIN 1984

Tritt ein, in den Dom,
kleiner Mensch,
tritt ein...

Orgelbauer im Dom · SCHWERIN Mitte 80er-Jahre

Bei den Montagsdemos
riefen wir zuerst
„Wir sind das Volk",
dann „Wir sind ein Volk".
Jemand sagte: „Ich bin Volker."
Mein Motorrad stand eines montags
noch auf der Straße.
Tausende zogen an ihm vorüber.
Ihm wurde kein Spiegel gekrümmt.

Montagsdemo · SCHWERIN 23. Oktober 1989

„Weg mit dem Wasserkopf!"
Damals auf den Demos
waren wir noch Träumer.

Montagsdemo · SCHWERIN 23. Oktober 1989

„Und die im Dunkel
sieht man nicht..."

Demonstration der Kulturschaffenden · SCHWERIN November 1989 —

Titelfoto: Kinder- und Jugendspartakiade · BERLIN 1989
Foto Rückseite: Friedensgebet im Dom · SCHWERIN 23. Oktober 1989

© Hans-Dieter Hentschel (Foto) und Holger Kankel
Alle Rechte vorbehalten

1. Auflage Dezember 2008
Farbfigur-Verlag Gneven · www.farbfigur.de

Layout: Daniele Regge
Druck: cw Obotritendruck GmbH Schwerin

Preis: 14,95 €

ISBN: 978-3-9810236-3-3